이런 것도
먹어 봤니?

이런 것도 먹어 봤니?

발행일	2024년 11월 5일		
지은이	민은숙	그린이	서영란
펴낸이	손형국		
펴낸곳	(주)북랩		
편집인	선일영	편집	김은수, 배진용, 김현아, 김다빈, 김부경
디자인	이현수, 김민하, 임진형, 안유경	제작	박기성, 구성우, 이창영, 배상진
마케팅	김회란, 박진관		
출판등록	2004. 12. 1(제2012-000051호)		
주소	서울특별시 금천구 가산디지털 1로 168, 우림라이온스밸리 B동 B111호, B113~115호		
홈페이지	www.book.co.kr		
전화번호	(02)2026-5777	팩스	(02)3159-9637
ISBN	979-11-7224-363-0 73810 (종이책)		979-11-7224-364-7 75810 (전자책)

(주)북랩 성공출판의 파트너

북랩 홈페이지와 패밀리 사이트에서 다양한 출판 솔루션을 만나 보세요!

홈페이지 book.co.kr • **블로그** blog.naver.com/essaybook • **출판문의** text@book.co.kr

작가 연락처 문의 ▸ ask.book.co.kr

작가 연락처는 개인정보이므로 북랩에서 알려드릴 수 없습니다.

작가의 말

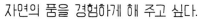

사계절이 뚜렷한 우리나라가 언제부터

여름과 겨울이 길어지는가 하면 열대야가 오래 기승을 부렸다.

또, 아파트 놀이터에서 흙을 보기란

점점 하늘에서 별 따는 것처럼 희귀해졌다.

시끌벅적했던 놀이터에 아이들의 수가 점점 줄어든다.

바쁜 하루를 보내는 우리 미래의 주역인 아이들에게

자연의 품을 경험하게 해 주고 싶다.

차례

전학

시골에서 한참 떨어진 도시로 이사 나오던 날이다. 오른쪽 뒤꿈치가 터진 빨간 구두에서 양말이 쏙, 고개를 내민다. 실밥이 삐져나와 서주는 신고 싶지 않았다.

사람들의 이목을 나름 신경 쓰는 엄마는 서주가 꺼내 신은 검은 고무신이 못내 거슬렸다. 새 구두를 사주겠다는 사탕발림으로 고무신을 서주의 발에서 기필코 벗겨내자고 작정했다.

온통 산과 들이 보이는 시골에서 도시로 나가는 첫날이다. 촌티를 드러내고 싶지 않은 엄마와 앞모습만 보기 좋은 구두보다 실리를 따르는 서주의 실랑이가 한창이다. 편한 게 장땡인 어린 서주의 승리로 결말이 났다.

새로운 교실로 들어선 순간, 서주는 깜짝 놀랄 수밖에 없었다. 시골에서는 전교생이 다 모여봤자, 백 명에 불과하다. 반 친구 모두를 손으로 셀 수가 없다. 서주를 포함하면 정확하게 일흔두 명이나 된다. 심지어 저학년은 오후에 등교하는 오후반도 있다.

고삐 풀린 망아지처럼 들로 산으로 뛰어다니던 서주는 조금 위축됐다. 남을 의식하지 않는 서주였지만 시골과는 딴판인 도시에 충격을 받았다. 새 친구들 숫자에 한번 놀라고, 이사 오던 날 검은 고무신을 신고 왔다는 걸 본 사람이 같은 반에 있다는 것에서 또 한 번 놀랐다.

엄마 말을 잘 들으면 자다가도 떡이 나온다. 잘 들을 걸 그랬다.

미영

'미영'이라는 이름을 가진 애는 검정 고무신을 신고 온 온 것을 마치 벌거벗고 나온 것처럼 서주를 창피하게 만들었다. 게다가 호기심으로 똘똘 뭉친 수다쟁이었다. 그간 그 애를 코빼기도 보질 못했다.

'도대체 언제 고무신 신은 걸 보고만 걸까?' 참으로 미심쩍고 수상하기만 하다. 큰소리로 "고무신, 고무신"을 떠들어대는 밉살스러운 고 입술을 한 대 톡 때려주고 싶은 욕구가 가슴 속에서 들끓었다.

누구에게 해코지하고 싶다, 이기고 싶다는 감정은 낯설다. 그것이 오기의 싹이 돋아나도록 만들었다. 미영이만큼은 모든 면에서 다 이겨 먹고 싶은 마음이 지치지도 않고 서주를 따라다녔다.

그러던 어느 날, 국어 시간에 선생님이 교실 밖으로 나가자고 한다. 무성한 등나무 아래서 손잡고 앉아 묘한 눈빛을 보내는 나무와 탁자가 있다. 그들만의 비밀 장소인 학교 구석으로 선생님이 반 아이들을 몰았다.

그곳에서 옹기종기 모여있는 개망초의 이름을 물으셨다. 미영은 모르는지 우물쭈물했다. 다른 친구에게 같은 질문이 넘어갔다. 두근두근. 서주의 순서가 점점 다가온다.

이건 기회다! 기필코 잡아야만 한다. 드디어 서주의 차례가 왔다. 그녀는 자신 있게 대답했다.

"개망초입니다."

선생님은 냉이처럼 먹을 수 있는 식물에 대하여 질문을 대놓고 하기 시작한다. 개망초부터 시작해 명아주, 쇠비름, 씀바귀 등 신이 난 선생님은 꼬리에 꼬리를 이어 붙였다. 거기까지는 분위기가 서주를 한껏 키웠다.

멈춰!

멈출 줄 모르는 관성의 법칙이 좋다고 서주에게 바짝 달라붙었다. 발동이 걸리기 시작한 순진무구한 그녀는 정지하는 선을 알지 못한다. 식물성에서 동물성으로 번진 질문이 이어졌다.

아카시아꽃을 훑어 먹은 이야기에서

팔딱 뛰어오르는 메뚜기

 그리고 개구리,

심지어는 뱀도 먹어봤다고 흥분을 덧칠하기 시작했다.

전원의 농촌 드라마로 시작된 국어 시간이 순식간에 공포영화로 둔갑한다. 아이들의 순수로 빛나는 눈빛이 흐려지더니 점점 괴기스럽게 변해갔다. 슬금슬금 뒤로 발걸음을 옮기며 서주와 거리를 벌리기 시작한다. 마치 서주가 무서운 바이러스 숙주라도 되는 듯, 잘못해서 걸리고 닿기라도 하면 감전이라도 당할 것처럼.

뒤늦게 아이들의 눈빛과 행동에서 이상함을 감지한 순간, 서주는 머리끝에서 후회가 스멀스멀 기어 나오는 기분이 들었다.

선생님도 당황했는지 서주의 눈을 은근슬쩍 피하고 계신다. 분위기를 바꿔 보려고 전혀 도움이 안 되는 헛기침을 두 번 하시면서.

'선생님 이미 늦으셨거든요. 어른인데, 나보다 어른인데, 멈추게 하셨어야죠. 힝….'

궁지에 몰린 어린 양을 구하긴 해야겠고, 선생님은 뜬금없는 첫사랑 이야기를 꺼내 들었다. 아이들의 눈빛이 점점 빛을 찾아오더니 초롱초롱해지기 시작했다. 첫사랑이란 미묘한 감정이 이 순간 하나도 궁금하지 않은 서주다. 애꿎은 풀만 노려보면서 앞으로의 행보를 고민한다.

이웃

하교하는 길에 밉상인 미영이가 뻔뻔한 낯짝을 달고서 바짝 뒤에서 따라온다. 서주는 걸음을 재촉하였다. 계속 쫓아오는 그녀를 따돌리기 위해 뛰기 시작했다. 드디어 집이다.

'어라? 쟤가 왜 저기로 들어가는 거지?'
'아, 망했다!'

미영이 서주의 이웃이었다.

'이런 젠장, 매일 부딪히겠네.'

알고 보니, 서주 엄마와 미영이 아빠가 같은 직장에 다니게 되었다고 한다. 도시로 이사를 나오기 전에 엄마가 생계를 책임지기 위해 취직했는데, 하필이면 미영 아빠와 같은 회사라니? 이 무슨 얄궂은 운명의 장난이란 말인가.

"서주야, 얼른 나와 봐. 친구 왔다!"

아침에 등교하려고 가방을 메고 있는 서주를 엄마가 바깥에서 부르신다. 미영이가 집 앞에서 기다린다니, 할 수 없다. 떨떠름한 얼굴로 나가 서주는 나란히 서지 않고 비껴간다. 서먹한 분위기를 참지 못한 수다쟁이 미영이가 뜬금없이 질문을 던진다.

"있잖아, 개구리는 무슨 맛이야?"
"뭐?"

불시에 당한 예상 못 한 공격에 서주는 일순간 당황했다. 그렇지만 사실대로 이야기해 주었다.

"무 넣고, 고추장 넣고, 빨갛게 끓여. 그러면 매운탕처럼 맛있어."

어느새 서주 옆으로 다가와 바싹 붙은 미영이다. 간살맞은 눈빛을 바짝 들이댄다.

"뱀 진짜 먹어봤어? 아니지? 너 거짓말 한 거지?"

어쭈! 미영이 은근하게 서주를 시험한다. '네까짓 게 먹어 보지도 않고 감히 먹어봤다고 어깨를 뻐기며 으스대?'라는 표정이다.

이에 조금도 굴하지 않는 서주는 아무렇지도 않게 대결을 받아들인다.

"불에 익히면 닭고기 가슴살 있지? 그 살처럼 씹히거든. 그런데, 좀 더 연하고 부드러워."

미영은 정말로 서주가 먹은 게 분하다. 이윽고, 제가 졌다는 듯 입을 삐죽거린다.

이웃끼리 시작된 동행은 이런저런 일상의 이야기로 꽃을 피운다. 주고받은 이야기로 서로의 정보를 수집한 결과, 미영이도 얼마 전에 무리초등학교에서 전학했다는 것을 알게 되었다.

동병상련인 이웃집 또래에게 미영이는 가장 의지가 되는 동지 의식을 느꼈다. 무리초는 특별히 전교생에게 정구를 익히게 한다고 한다. 미영이는 탁구를 꽤 잘 쳤다. 평균 키지만 운동 신경이 제대로 각이 잡혀 살아있었다.

교실 한가운데 난로가 설치되고 갈탄을 담은 철통이 옆에서 짓궂은 눈빛을 교환하는 겨울이 다가왔다. 따뜻한 난로 뚜껑 위에 누런 알루미늄 도시락들이 하나둘씩 올려졌다. 탑처럼 쌓인 도시락이 무

거운 난로는 낑낑거리며 거친 숨을 연기로 내쉬기에 바빴다.

　아직 점심 전인데 어디선가 불순한 탄내가 나기 시작한다. 냄새를 잘 맡는 아이가 코를 벌렁거렸다. 코 평수를 넓히고 킁킁거리기 시작한다. 범인을 잡으려고 코를 내밀어 주변을 탐지한다. 형사 가제트라도 된 듯하다. 매의 눈으로 냄새나는 곳을 향하는 눈동자들도 보인다.

동장군이 친구 잡네

이미 수업은 아이들의 관심을 놓쳐 뒷전으로 밀려났다. 탄내의 향방이 공부보다 중요한 아이들이다. 그런데, 범인은 예상치 못한 미영이었다. 엄지발가락이 구멍 날 줄도 모르고 해진 양말을 신고 온 그녀다. 발이 몹시 시렸던 미영은 따뜻한 곳을 향하여 발을 쭉 뻗다 보니 난로 가까이 댄 것이다. 너무 찰싹 발을 붙였던 걸까. 가뜩이나 무거운 도시락들에 열 받은 난로가 아닌가.

억하심정으로 미영의 발을 꼭 잡고 놓지 않았다. 게다가 애먼 양말을 덥석 물어뜯었으니 발바닥이 훤히 드러날 수밖에.

그녀는 따뜻해진 몸이 나른해져서 제 발바닥이 붉게 변하는 줄도 몰랐다. 놀란 선생님이 미영을 업고 교무실로 데려갔다. 반 친구들은

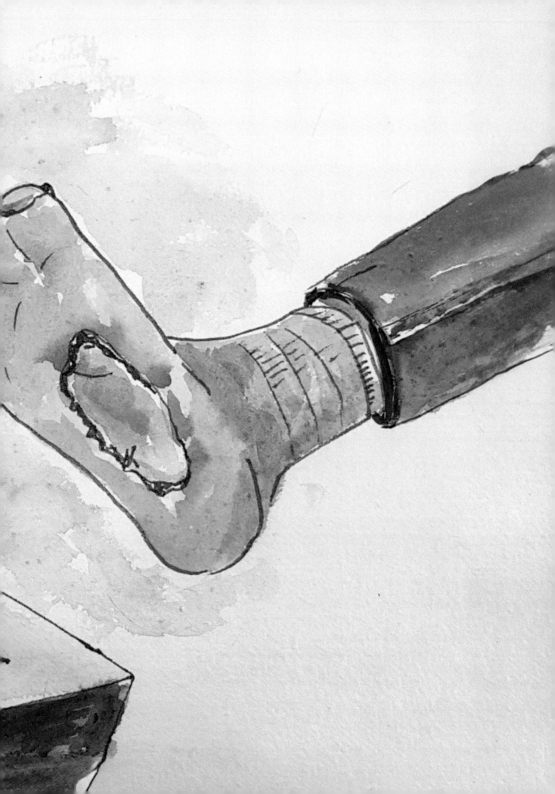

미영의 발 상태가 괜찮은지, 아닌지는 아랑곳없이 키득거리느라 허리가 접힌다. 친구의 아픔보다 웃긴 장면만 곱씹는다. 다행히 발바닥은 다른 피부보다 두꺼워 둔하다. 화상이 염려할 정도는 아닌 듯했다. 그 덕분에 하굣길에도 무리 없이 서주와 동행할 수 있었다.

　편안해진 미영은 고새 궁금한 걸 묻기 시작한다. 이 수다쟁이는 언젠가 지독한 호기심으로 고양이를 꼼짝달싹 못 하게 할 수도 있을 것이다.

호기심 여왕

미영은 시골에서 먹어 본 낯선 것에 대한 호기심이 꽤 충만하다. 그래서 입술이 통통한 걸까.

미영이가 이야기 마당에 멍석을 깔아준다. 서주는 신이 나서 말을 쏟아내기 시작했다. 익모초를 찧어서 즙을 내 먹은 경험을 듣고는 갖은 인상을 썼다.

칡을 껌처럼 씹었다고 하자 그녀는 깔깔 웃는다. 참새 구워 먹은 이야기에 작은 눈을 점점 키우기 시작했다. 서주는 미영이의 별처럼 반짝이는 눈빛에 점점 즐거워졌다.

계속해서 이야기를 이어갔다. 한여름에 논두렁에서 채로 미꾸

라지를 잡다가 웅덩이에 넘어진 얘기, 집을 지키던 개가 노루를 잡아 온 얘기, 따뜻한 사슴피를 작은 잔에 받아 들고 억지로 삼켰다는 서주의 말에 미영이의 입은 벌어지고 벌어져서 벌까지 들어가게 생겼다.

그 모습을 본 서주는 밤송이에서 꺼낸 밤을 까먹다가 한 오빠가 벌에 쏘인 이야기까지 더해 주었다. 미영이의 눈은 레이저 빔을 쏘기 시작했다.

'어서 더 해, 더한 것을 이야기하라고!'

그러면서 둘은 금세 집에 당도할 수가 있었다.

더 많은 이야기

시골의 땅에서 올라오는 식물은 어른들을 따라 섭취할 수 있는 것을 알아낼 수가 있었다. 땅 위에서 움직이는 것은 언니, 오빠들을 따라 호기심에 먹어 보았다. 도시의 친구는 감히 생각은커녕 상상조차 하지 않는 것들을 먹기에 도전했다.

시골에서는 또래가 별로 없어 위. 아래로 몇 살 차이 정도는 서로 가볍게 친구로 삼았다. 서주의 동네 오빠는 동네 아이들이 등교하고 나면 같이 놀 친구가 없었다. 그래서 여섯 살 그것도 오월에 학교에 들어갔다.

모내기가 한창이라 일손이 부족한 시골에서 아이만 봐준다는 건 쉽지 않은 일이었다. 입학식도 없이 그냥 학교에 가서 그대로 다니다가 졸업까지 했다. 사실을 고백하자면 서주도 놀 친구가 없어 사월에 학교에 들어간 애였다.

　시골의 아이들은 천둥벌거숭이처럼 모두가 잘 어울리고 모든 걸 함께했다. 조건 없이 아이들을 품어주는 넓은 산과 활짝 열린 들에서.